WUNDERBAR WEISE

Christine Haiden
Petra Rainer

WUNDERBAR WEISE

Lebenserfahrungen 100-Jähriger

RESIDENZ VERLAG

Bibliografische Information der Deutschen Bibliothek
Die Deutsche Bibliothek verzeichnet diese Publikation in der Deutschen Nationalbibliografie; detaillierte bibliografische Daten sind im Internet über http://dnb.d-nb.de abrufbar.

www.residenzverlag.at

2. Auflage 2012

Fotos Petra Rainer
Umschlaggestaltung Sandra Gugić, Wien
Umschlagbild Petra Rainer
Grafische Gestaltung/Satz Sandra Gugić, Wien
Schrift Neutraface
Gesamtherstellung CPI Moravia Books

ISBN 978-3-7017-1579-4

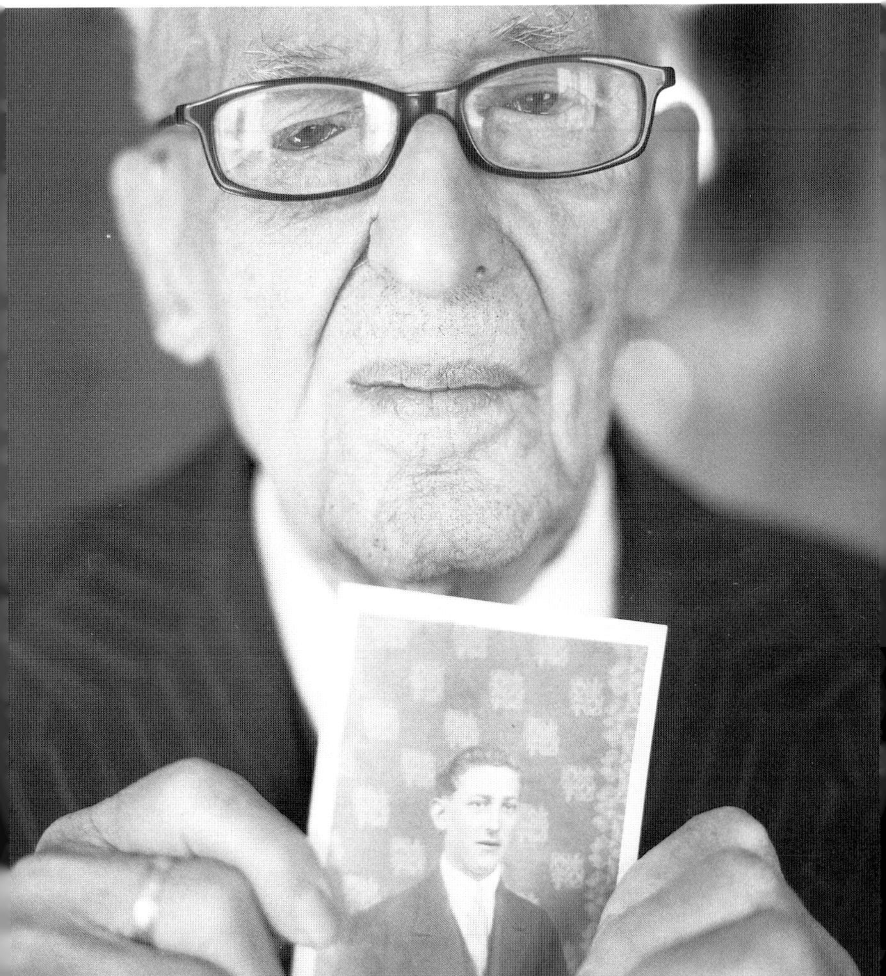

INHALT

Die Geschichte prägt den Menschen, seine Wahrnehmung der Welt und die Schlüsse, die er daraus für sein Leben zieht.

VORWORT

Einhundert Jahre zu leben war lange ein Wunschtraum der Menschen. Immer öfter geht dieser Wunsch heute in Erfüllung. Doch wie ist es, so alt zu werden? Welche Erfahrungen macht man dabei? Welche Essenz bleibt am Ende zurück? Die Fotografin Petra Rainer und ich haben 100-Jährige besucht und sie danach gefragt. Wir waren berührt von dem, was sie uns erzählt haben. Stets waren persönliche Geschichte und Zeitgeschichte aufs Engste verwoben. Die Generation der 100-Jährigen hat ein turbulentes Jahrhundert erlebt: zwei Weltkriege, einen rasanten technischen Fortschritt und immer mehr Wohlstand. Sie mussten sich all dem stellen, auch den massiven ideologischen Einflüssen, vor allem in der Zeit des Nationalsozialismus.

Haben die Interviewten einen Tipp, wie man so alt wird und worauf es im Leben ankommt? Lassen wir sie selbst erzählen, eingebettet in ihre individuellen Geschichten und ohne Anspruch auf Allgemeingültigkeit. Je nach eigenen Bedürfnissen empfinden wir manches als humorvoll, anderes als interessant und ab und zu auch als weise. Wunderbar sind diese Leben in jedem Fall. Das zumindest durften wir bei unseren Gesprächen erfahren, die wir in Vorbereitung des Buches „Vielleicht bin ich ja ein Wunder. Gespräche mit 100-Jährigen“

(Residenz Verlag, 2006) geführt haben. Das vorliegende Buch ist eine bearbeitete und gekürzte Ausgabe dieses Bandes. Zur leichteren Orientierung haben wir hier die Aussagen der Hochbetagten mit thematischen Titeln versehen. Den 100-Jährigen gegenüber, mit denen wir sprechen durften, empfinden wir tiefe Dankbarkeit. Viele von ihnen haben ihren irdischen Lebensweg in der Zwischenzeit beendet. Was sie uns zu sagen haben, verliert dadurch nicht seine Bedeutung.

Christine Haiden und Petra Rainer, im Juli 2011

Wie wird man weise? Karl Steinmair war zeitlebens Gemeindesekretär in einer Landgemeinde. Auch als 100-Jähriger war er geistig und körperlich rege und an der Gegenwart interessiert.

WARDA BLESER-BIRCHER
Paläontologin und Malerin

Warda Bleser-Bircher, Jahrgang 1905, war eine ungewöhnliche Frau. Die Schweizerin wuchs in Ägypten auf, wo ihr Vater eine Ziegelfabrik und einen ausgedehnten botanischen Garten besaß. Sie studierte in den 1920er Jahren als eine der ersten Frauen in der Schweiz Geologie und Paläontologie und war in den 1930er Jahren in der Erdölforschung in der Türkei und in Persien tätig. Nach dem Krieg heiratete sie, die Protestantin, einen Katholiken und Studienkollegen. Mit ihm bereiste sie viele Länder der Erde. Die Ehe blieb kinderlos. Im Alter lebte sie alleine in einer wunderbaren Villa über dem Lago Maggiore, zusammen mit ihrer Katze und der Unterstützung einer Nachbarin. Bis ins hohe Alter galt Wardas Leidenschaft dem Zeichnen und Malen. Sie las jeden Tag eine italienische Tageszeitung, um ihren Wortschatz zu erweitern, und lernte E-Mails zu versenden, um mit ihren Patenkindern korrespondieren zu können.

Altsein

Die Zukunft gehört den jüngeren Menschen, aber ich habe es doch immer noch schön. Leider sind meine Eltern und mein Mann allzu früh weggestorben. Ich wünsche jeden Tag, sie wären alle noch da.

Beruf

Meine Mutter fand, nach der Matura sei es genug, aber ich sagte: „Niemals, niemals werde ich mein Studium aufgeben. Wenn du willst, kann ich das Geld selbst verdienen, aber ich will unbedingt doktorieren, sonst bekommt man später sehr schwer eine Stellung."

Bei der Stellung in Persien hatte ich es sehr schön. Ich blieb dort drei Jahre. Ich hatte ein sehr schönes Haus in einem Einheimischen-Viertel. Ich habe Unterricht genommen im Lesen und Schreiben von Persisch. Sie haben dieselben Buchstaben wie die Türken und eine sehr reiche, wunderschöne Literatur. Das habe ich in meiner freien Zeit sehr genossen.

Gegenwart

Ich denke, solange wir leben, müssen wir es intensiv tun und uns für unsere Mitmenschen interessieren. Man muss mitten im Leben stehen bleiben und nicht in die Einsamkeit fliehen. Das Leben ist sehr, sehr kurz. Entsetzlich kurz.

Ich frage mich, wie lange ich noch Zeit habe, und das macht einen dann doch ein bisschen ängstlich. Man sollte immer in so einer Stimmung sein, als lebe man mitten drinnen in der Zeit. Sie trägt einen fort und man ist immer in der Zeit zu Hause.

Genuss

Ich hatte sehr liebe Eltern, leider keine Geschwister, aber jetzt bin ich traurig, dass ich mit meinem Vater nicht mehr reisen kann. Er wäre so gerne nach Südamerika gereist, und ich sagte immer, ja, später, später. Es ist schnell später. Und jetzt ist er nicht mehr da. Man sollte so leben, wie es die Leute, die man liebt, freut und nicht immer nur den persönlichen Genuss suchen. Denn der Genuss kommt plötzlich, wenn man es am wenigsten erwartet.

Nützlichsein

Nichts ist so schlimm, wie sich nicht nützlich zu fühlen, das Gefühl zu haben, wozu? Das sollte man eben nicht haben. Man sollte wie eine Batterie immer geladen sein. Diese Nützlichkeitsfrage ist eigentlich eine sehr ernste Frage. Aber vielleicht ist man am nützlichsten, wenn man es am wenigsten weiß. Wenn man einfach nur ist. Man spielt ja oft eine Rolle. Wie ein Schauspieler. Die einen sind sehr schnell mit sich zufrieden und gratulieren sich, wie gut sie in ihrer Rolle waren, und andere sind es nicht. Schwierig, schwierig. Das Problem haben wir alle, wir möchten gerne nützlich sein.

Verständnis

Ich bin sehr sensibel und mein Mann war genauso. Wir haben uns wunderbar verstanden. Wenn wir uns eine Freude leisteten, dann war es, zusammen auszufahren mit seinem schönen Auto und an der schönsten Stelle Halt zu machen und zu malen. Wenn man fühlt, man ist ganz dabei und man macht Fortschritte, ist das sehr schön. Ich glaube, es ist gut, wenn man daran arbeitet, einander besser zu verstehen.

Es war glücklicherweise eine sehr gute Ehe und jeder war voller Hoffnung auf ein immer tieferes gegenseitiges Verständnis. Man kam sich dann fast ein bisschen historisch vor, denn wir zwei arbeiteten am besseren Verständnis der Menschen. Am Anfang sagte mein Mann: „Ausgeschlossen, das gibt es nicht, wie du denkst." Und dann hat man sich besser kennengelernt, und ich glaube, es hat uns beiden für unser gegenseitiges Verständnis sehr geholfen, dass wir verschiedener Konfession waren. Es zwang uns, darüber nachzudenken. Mir ist es jedenfalls so gegangen. Mein Mann sprach nicht so viel davon.

Wissenschaft

Es ist immer interessant, wenn man rein wissenschaftliche Arbeit machen kann; der nächste Gelehrte kann weiter darauf aufbauen. Einer baut auf dem anderen auf. Das ist Wissenschaft.

Mein Mann und ich waren Wissenschafter, und wir sind beide begeistert von der Schönheit, von Bildern, von Leuten, die malen können, und wir haben uns in der letzten Zeit viel mit Landschaften und Blumen befasst. Da wir dies zusammen machten, war es ein bisschen um die Wette. Das machte uns Spaß. Er war begabter als ich. Wir machten Pläne, dass wir eines Tages nur mehr reisen und malen würden, soweit das Geld reichen würde.

RENATE BRAUSEWETTER
Stummfilmstar und Lebenskünstlerin

Als Stummfilmstar machte Renate Brausewetter, Jahrgang 1905, Karriere. Statt zum Tonfilm zu wechseln, heiratete sie, gebar drei Kinder und bewährte sich als Lebenskünstlerin. Nach der Scheidung von ihrem Mann brachte sie ihre Familie mit vielen Gelegenheitsjobs, unter anderem als Gärtnerin beim berühmten Karl Foerster, durch. Ihre eigentliche Liebe galt dem Theater. In ihrer Wohnung war nicht nur Platz für viele Vögel, sondern auch für Tausende Bücher und ungezählte Besucher. Obwohl sie in Malaga, Spanien, geboren worden war, ihr Vater war dort Arzt gewesen, fühlte sie sich ganz heimisch in Berlin. Im Alter lebte sie in Linz am Rhein, in der Nähe ihrer Kinder. Bestattet wurde sie auf eigenen Wunsch auf dem Englischen Friedhof von Malaga, in der Nähe ihrer Brüder.

Alleinsein

Wenn ich allein bin, sitze ich und denke mir Märchen aus und erzähle sie mir. Oder ich begucke mir das, was geschieht, wie weit das zu ändern ist oder nicht. Der Kopf hat immer zu tun.

Altsein

Wie das Leben mit 100 ist? Ich habe in den Spiegel geguckt und gesagt: „Schön dusselig!" Was hat man mit 100 mehr als mit 90. Das ist doch doof.

Anerkennung

Berühmt war ich nicht, nur bekannt. Aber was hat das für einen Sinn? Das ist doch egal. Ob Sie Schuster oder Schauspieler sind, das ist einfach ein Beruf. Sie müssen genauso viel einsetzen wie alle anderen.

Anteilnahme

Natürlich interessiert mich noch, was in der Welt vorgeht, es betrifft mein Leben genauso. Aber ich kann es nicht so nutzen, wie ich will, sondern ich muss mich fügen in viele Sachen. Das ist schwierig, weil ich möchte überall reinhauen. Fast überall. Mitmachen, das kann man nicht, weil man nicht dazu gehört. Man kann es beobachten, aber nicht machen.

Armut

Im Ersten Weltkrieg habe ich viel erlebt. Ich musste vor und nach dem Essen auf dem Boden liegen, vom Arzt verordnet, damit ich überhaupt etwas behalte. Ich habe nur 70 Pfund gewogen, als zehnjähriges Kind. Wir haben so gehungert. Wir haben für fünf Personen drei Stück Brot gehabt. Man kann es sich nicht vorstellen. Eine Frau wie meine Mutter, ohne Mann und drei Kinder zu ernähren, und kein Konto, kein Geld, kein Nichts. Nur die Armenküchen, wo man einen Teller Suppe bekommen hat. Dass wir nicht gestorben sind, ist ein Wunder. Die Leute sind wirklich zu Tausenden verhungert. Und das Schreckliche ist, wenn eine Mutter sieht, wie ihre Kinder verhungern. Das sind furchtbare Erinnerungen.

Charakter

Eine Giftnudel kann ich sein. Ich mag manche Sachen nicht

und dazu gehört, dass man nicht nach Schnauze lebt, dass man sich konstruiert gibt. Ich habe gerne junge und werdende Menschen um mich, so konstruierte, feste, die sollen ihren Mist alleine machen. Die sind mir zu langweilig.

Freunde

Freundschaften werden nicht ausgesucht, sie ergeben sich.

Ich habe open house gehabt, und da kamen sie und gingen. Weil immer was los war und ich bei jedem zugehört habe und jedem das Gefühl geben wollte, dass er dazugehört. Jeder, der kam, war wichtig und wurde ernst genommen.

Lu war mein bestes Stück. Wir waren Nachbarinnen, da haben wir uns kennen und lieben gelernt, und das blieb so, bis sie vor drei Jahren starb. Das war noch im Krieg. Wir haben unsere Kinder gegenseitig geschützt, und unsere Familien haben zusammengehört. Sie konnte zu mir kommen und ich zu ihr, auch die Kinder gingen zueinander. Wir haben einander geholfen. Sie war ein anderer Typ als ich. Ich war vielleicht viel lockerer, aber die Freundschaft hat bis zuletzt gehalten. Als Lu gestorben ist, war ich ganz unglücklich. Sie war meine zweite Seele.

Kindheit

Ich bin etwas ganz Albernes. Mein Vater war Arzt, und Spanien hatte keine Ärzte und wollte deutsche Ärzte, und da hat er sich gemeldet und ist hingegangen. Später kam er widerrechtlich in Gefangenschaft und wurde von den Franzosen gefangen gehalten. Acht Tage vor dem Gefangenenaustausch ist er gestorben. Ganz merkwürdig, was der liebe Gott manchmal so lenkt.

Leidenschaften

Ich habe manche Bücher, die ich immer wieder lese. Der Koran ist schön. Die Religion hat mich immer interessiert. Es interessiert mich plötzlich auch sprachlich, sodass ich einen Text nehme und ihn mir übersetze ins Englische und Französische, mal sehen, wie das aussieht. Lesen ist meine erste Leidenschaft, ganz entschieden.

Letzte Fragen

An den Tod und an das Sterben denke ich immer. Heute früh habe ich mir wieder den Kopf zerbrochen. Es ist auch schwierig. Was hat man damit zu tun? Heute Nacht habe ich gedacht, das ist der Anfang vom Ende, weil ich Schmerzen bekam. Und dann bin ich dem Tod doch wieder von der Schippe gesprungen. Ich habe keine Angst vor dem Sterben. Ich find's nur dumm, dann ist man weg. Ich hätte noch manches, ich hätte noch Betrachtungen, Umweltbetrachtungen, was aus dem wird und aus dem.

Ach, wenn man tot ist, ist man, glaube ich, für Gemeinschaft zu haben. So alleine da rumgurken? Ich glaube nicht an Wiederauferstehung, aber ich glaube doch, dass ich irgendwo hinkomme, wo die anderen sind.

LEOPOLD ENGLEITNER
Zeuge Jehovas und Zeuge der Zeit

Als Sohn eines Holzknechtes und einer Bauerstochter lernte Leopold Engleitner die Armut von Kind an kennen. Aber auch den Widerstandsgeist, den sein Vater als Sozialist gegen das Kaiserhaus aufbrachte. Und den er als Zeuge Jehovas gegen die herrschenden religiösen Anschauungen seiner Heimat im oberösterreichischen Salzkammergut übernahm. Engleitner wurde 1905 mit einer Wirbelsäulenverkrümmung geboren, war ab seinem dreizehnten Lebensjahr Knecht bei Bauern und wurde gleich nach dem Anschluss Österreichs an Hitlerdeutschland, 1938, verhaftet. Bis 1943 wurde er in Konzentrationslagern festgehalten. Aus dieser Zeit trug er bleibende körperliche Schäden davon. Um nicht an die Front eingezogen zu werden, versteckte sich Engleitner die letzten Kriegswochen im Gebirge. Im hohen Alter machte er als Zeitzeuge Karriere und reiste bis nach Amerika, um bei der Jugend für seine pazifistische Einstellung zu werben.

Gerechtigkeit

Jeder Ärger, den der Mensch empfindet, wirkt sich auf ihn aus. Mein ist die Rache, heißt es im Römerbrief. Mein ist die Gerechtigkeit. Ich vergebe und vergelte. Also das gebührt Gott, das soll der Mensch sich nicht anmaßen. Mit jeder Zornesäußerung schadet er sich selbst, seinem Herzen und seinem ganzen Organismus. Also ist es am besten, wenn man das alles unterdrückt.

Glaube

Der Katholik hat seine Religion und ich habe meine. Ich feinde keinen wegen seiner Religion an. Ich lasse mich von den Anfeindungen nicht binden, das prallt an mir ab.

Eine Studentin hat mich einmal gefragt: „Wo ist der Himmel, wo wir hinkommen sollen?“ Ich sage: „Wo sind Sie denn geboren?“ „Auf der Erde.“ Ich sage: „Da bleiben wir auch. Die Erde ist unsere Heimat.“ Wir sind deswegen geschaffen.

Viele Menschen sind von der unsterblichen Seele überzeugt, die es überhaupt nicht geben kann. Als Adam geschaffen wurde, heißt es, Gott bildete den Mensch aus Staub vom Erdboden, hauchte ihm den Odem des Lebens in seine Nase ein, und der Mensch wurde eine lebendige Seele. Also ist der Mensch selbst eine Seele. Nicht, dass er eine unsterbliche Seele bekommt, wenn er stirbt.

Der Glaube ist die gesicherte Hoffnung auf eine bessere Welt. Man braucht den Glauben, um überzeugt zu sein, wir gehen einer schöneren Zukunft entgegen und können auch daran mitwirken.

Alles, was wir machen, ist umsonst, weil wir Brüder und Schwestern sind. Die Selbstsucht muss von den Menschen selbst überwunden werden.

Krieg
Ich habe immer überlegt, wie so ein Schlachtfeld aussehen wird. Menschen werden von ihrer Heimat weg müssen, alles wird verwüstet. Dabei war es im Ersten Weltkrieg noch lange nicht so arg, weil die Kriegsausrüstung noch nicht so weit war. Ich habe das für unnütz gehalten. Warum sollen die Menschen in Kriege verwickelt werden? Wenn jeder zu Hause bleibt, dann bleiben diese Leiden aus.

Lebensfreude
Ein vergrämter Mensch schadet sich selbst, weil sein Gehirn schlechter reagiert. Wenn er sich selbst verkrampft, ist er nicht mehr so aufnahmefähig. Die Zurechtweisungen der Bibel sagen, dass man alles beiseite lassen soll, was lebensbehindernd ist.

Rücksicht
Wir Zeugen Jehovas wären nie aus den KZs weggelaufen, wenn es auch schöne Gelegenheiten gegeben hätte, weil sich das auf die Gemeinschaft, auf das ganze Lager ausgewirkt hat. Es hat einige Tage nichts zu essen gegeben, wenn einer weggelaufen ist. Die anderen mussten es büßen. Deswegen hätten wir das nie unternommen.

Sinn
Man muss ein Mitgefühl haben mit der Jugend. Junge Leute reagieren sehr auf die Zukunft. Ich bin fest überzeugt, dass die Zukunft sehr gut ist. Was sich in den 100 Jahren, die ich hinter mir habe, ereignet hat, war nicht umsonst.

Träume

Ich habe sehr viele Zukunftsträume gehabt. Ich habe mir vorgestellt, dass sich meine Lage doch verbessern würde und ich einmal ein Haus bekommen würde, und das habe ich auch erreicht. Unter schwierigen Verhältnissen, denn plötzlich bin ich arbeitslos geworden und die Träume von einem Haus waren alle weg. Ich konnte nur mehr eine ganz notdürftige Wohnung mit zwei Räumen herstellen, dann bin ich von der Gestapo verhaftet worden. Aber meine Zukunftsträume haben nicht aufgehört. Ich war fest überzeugt, dass sich der Nationalsozialismus wieder ändern wird, und ich habe mich auch nicht getäuscht.

Vorurteile

Es gibt überall gute Menschen. Unsere Brüder und Schwestern kommen aus den verschiedenen Religionsgemeinschaften, auch von totalen Gottesleugnern. Ich habe kein Recht, dass ich jemand aufgrund seiner Einstellung verurteile. Morgen kann er schon ganz anders werden.

FRIEDA FRÄNKEL
Soubrette und Erfinderin

„Ich war bestimmt sehr schön", sagte Frieda Fränkel über sich selbst. Auch wenn sie den Großteil ihres Lebens arm war, hat sie immer viel auf sich und ihr Äußeres gehalten. Noch mit 100 Jahren wurde sie für eine Erfindung geehrt: Sie hatte einen Fit-Chair für alte Menschen entwickelt, damit sie auch im Sitzen Gymnastik machen konnten. Als Kind jüdischer proletarischer Eltern geboren, spielte sie schon früh in Theater und Opernhäusern in kleinen Rollen. Sie erlangte lokale Berühmtheit in Wien, verlor aber nach dem Ersten Weltkrieg, infolge einer Infektion mit der grassierenden Spanischen Grippe, die Stimme. Frieda Fränkel lernte daraufhin Maniküre und Pediküre und eröffnete einen eigenen Salon. Als Hitler in Österreich einmarschierte, floh sie zusammen mit ihrem Mann und überlebte den Krieg in Frankreich und Italien. In den 1950er Jahren kehrte sie nach Wien zurück und verdingte sich als Versicherungsvertreterin. Als Seniorin lebte sie in einem Altersheim der jüdischen Gemeinde in Wien.

Armut

Es sind so viele Leute gestorben nach dem Ersten Weltkrieg, sind arm gewesen, haben nichts zum Leben gehabt. Wir haben Schauspieler gehabt, die haben uns drei der fünf Deka Butter gebracht. Sprechrollen habe ich bekommen. Wir waren über Wasser. Aber das wollte ich nicht. Ich wollte nicht als Soubrette in die Provinz gehen. Ein bisschen Stimme hatte ich noch. Das hat mich abgestoßen. Da hat man gesagt, man ist eine Hure, geht von Hand zu Hand. Und die waren auch nicht fein, die Regisseure. Das hat mich angewidert.

Familie

Wir konnten kein Kind kriegen, da war schon der Hitler im Kommen. Wenn wir eines gehabt hätten, wären wir auch vergast worden. Da wären wir nicht weggekommen. Man war so abgehärtet, es hat einen nichts mehr treffen können.

Gesundheit

Ich habe gesagt, ich möchte einen solchen Sessel erfinden, damit ich selbstständig treten und turnen kann, ohne Pfleger. Einen Turnsessel. Erstens einmal sehe ich, die Leute sitzen Tag und Nacht vor dem Computer und machen nichts. Da habe ich mir gedacht, sie sollten etwas tun dazwischen, nicht nur tippen und drücken. Sie sollten statt Radl fahren da unten Treter haben und fünf Minuten treten. Dann hier an der Lehne kurze Gummibänder haben und ziehen. Das soll auch der Chef erlauben, dass sie ein paar Sekunden turnen. Und die alten Leute, die so still vor dem Fernseher sitzen, stundenlang, die sollen auch etwas machen können. Und da ist mir der Sessel eingefallen.

Glaube

Ich bin schon jüdisch, durch Vater und Mutter. Aber es war damals so eine Zeit, da waren nur reiche Leute Juden. Die Armen waren arme Leute. Einmal im Jahr, am langen Tag, ist man in den Tempel gegangen. Zwischen zwölf und eins wird der Tempel für alle geöffnet. Vorher muss jeder zahlen für den Sitz, und wenn die Leute an die Luft gehen, werden viele Sitze frei, da ist Gebetszeit für alle Juden. Da haben wir uns dann hineingedrängt und hingesetzt und haben zugehört. Aber ich habe keinen Bezug dazu gehabt.

Ich sage, es gibt einen Gott, und ich werde auch sagen: Lieber Gott, hilf mir, nicht lieber Hausmeister oder liebe Frau. Aber dieses ganze Alte, Antike, finde ich direkt verblödet, verdummt.

Mann und Frau

Die Männer waren bestimmend und die Frauen waren die Sklaven. Waren Bedienerinnen, haben die Hosen gebügelt, die Hemden alle hintereinander in den Kasten gehängt, dann war es ihm nicht recht. Da habe ich mir oft gedacht, was braucht der Seidenhemden. Sehr eitel. Da waren die Männer nicht großzügig.

Die Frauen sollen schon selbstständig sein, nicht so ergeben, das passt nicht. Und sich nicht dirigieren lassen, besonders beim Anziehen, beim Essen und so. Die Männer sind sich der Frauen zu sicher, das gefällt mir nicht. Und Liebe, das, was sie dir vorhüpfen, ist alles gestellt.

Selbstachtung

Wenn wir noch so arm waren, ich habe immer etwas gehabt, was der andere nicht so leicht gehabt hat. Aber ich hatte es. Wenn ich in San Carlo in die Oper gegangen bin, war ich bestimmt sehr schön. Mit dem Schal so, meine Locken da vorne. Und hie und da war ein Strass, ein Flitter, da habe ich das zerschlissenste Kleid gehabt, aber zugedeckt. So bin ich auch in die Mailänder Scala. Bei Traviata, da war der berühmte Karajan. Da habe ich eine Karte bekommen hinter dem Karajan. Ich habe gesagt zu meinem Mann: „Viki, da kann ich nicht gehen, da ist ja alles so fein.“ Sagt er: „Du wirst dich schon zusammenmascherln.“

Tod

Wenn es aus ist, ist es aus. Das ist nicht so schlimm.

Überleben

Nach dem Krieg war ich bei der Versicherung angestellt. Ich bin am Gürtel von einem Hausmeister zum anderen gegangen und habe gefragt, ob neue Mieter da sind wegen der Hausversicherung. Erinnern Sie mich nicht. Das war bitter traurig. Ich wollte immer Aufträge bringen. Wenn ich keinen gebracht habe, war ich sehr traurig. Dann bin ich mir so überflüssig vorgekommen, gekränkt.

Die ersten Jahre hier waren nicht schön. Ein paar haben sich aufgeregt: Ach, der hat ja das Haus von den Juden, die Wohnung gehört ihm gar nicht. Das hat mich alles hergenommen, diese großen Kapazitäten, die nicht mehr gekommen sind. Man war gar nicht modisch angezogen, was man halt gehabt hat, so zusammengewürfelt. Und wenn eine modern angezogen war, hat man gesagt, die geht auf den Strich.

STRANDSCHLOSS

ALICE HERZ SOMMER
Pianistin und Holocaust-Überlebende

Eine unglaubliche Lebensfreude und eine große Neugier kennzeichnen die 1903 geborene Alice Herz Sommer. Seit vielen Jahren lebt sie in London. Geboren wurde sie allerdings in Prag. Sie kannte noch Franz Kafka, einen Freund ihres Schwagers. 1944 wurde sie zusammen mit ihrem damals fünfjährigen Sohn und ihrem Mann in das Konzentrationslager Theresienstadt deportiert. Ihr Mann kam in Dachau um. Sie kehrte mit ihrem Kind nach Prag zurück und emigrierte 1948 nach Israel. Dort arbeitete sie bis zu ihrem 84. Lebensjahr als Klavierlehrerin. Ihr Sohn machte als anerkannter Cellist Karriere. Er verstarb, nicht ganz 65-jährig, vor seiner Mutter. Noch im hohen Alter spielt Alice Herz Sommer täglich mehrere Stunden Klavier, musiziert gelegentlich in einem Kammermusik-Ensemble und besucht, wenn möglich, die Seniorenuniversität. Theologie, Philosophie und Geschichte zählen zu ihren Lieblingsfächern.

Altsein

Die längste Zeit unseres Lebens sind wir alt. Von 50 an geht es bergab. Wenige Menschen sind dazu imstande, das zu genießen und auszunutzen. Besonders in meinem Alter ist das Altsein sehr schwer. Wirklich. Dazu gehört eine ungeheure Disziplin.

Junge Leute lachen über die alten, irgendwie. Auch in der Literatur lacht man über alte Leute sehr viel. Aber trotzdem ist es herrlich.

Ich bin Pianistin. Diese zwei Finger sind in den letzten fünf Jahren so, dass sie machen, was sie wollen, und nicht, was ich will. Da bin ich manchmal sehr deprimiert. Da muss ich mich trösten: „Das ist das Alter, das ist nicht deine Schuld."

Begeisterung

Ich finde, Arbeit ist ganz wunderbar. Man ist noch im Bett und freut sich schon darauf. Wenn man es nicht hätte, wäre man doch ein armer Teufel. Mir tun Leute Leid, die acht Stunden am Tag machen müssen, was sie gar nicht interessiert, nur damit sie Geld verdienen. Das ist sehr arm.

Ich habe mich für alles interessiert. Darauf kommt es nämlich an, ob man wissen will oder nicht. Ich habe stundenlang mit meiner Mutter gesprochen, und das hat auch mein Sohn, ein weltberühmter Cellist, der leider, leider vor vier Jahren gestorben ist, gehabt. Als kleines Kind hatte er schon hunderttausend Fragen.

Charakter

Ich habe eine Zwillingsschwester gehabt, aber wir waren antipodisch in unserem Charakter. Ich war immer optimistisch und gut gelaunt, sie genau das Gegenteil, sehr pessimistisch. Als sie gestorben ist, war ich dankbar. Sie war nicht depressiv, nicht krank, aber sie hat das Leben vom dunkelsten Punkt aus gesehen und ich vom hellsten.

Ich glaube, es gibt wenige Menschen auf der Welt, die so ein herrliches Leben hatten wie ich. Nämlich mit dem Temperament, immer das Gute sehen, immer zufrieden, immer kompromissbereit. Wenn es nicht so ist, wird es so sein. Die meisten Menschen sind außer sich, wenn sie sich für Veränderungen entscheiden sollen. Das hat es bei mir nie gegeben. Aber so ist man geboren, man kann nichts dafür.

Ich habe nicht originell sein wollen. Ich habe dem Komponisten gedient. Ich wollte tun, was in den Noten steht, aus Respekt vor dem Komponisten.

Der Charakter ist das Ausschlaggebende im Leben eines Menschen, nicht seine Begabung. Das Temperament. Der Wille.

Disziplin

Disziplin besteht aus einem starken Willen und einem ungeheuren Ehrgeiz. Ich esse zum Beispiel seit dreißig Jahren jeden Tag dasselbe. Ich weiß gar nicht, was ich da esse. Ich war so beschäftigt, dass ich nicht Zeit hatte nachzudenken, was das ist. So ist es bis jetzt. Immerfort dasselbe, keine Änderungen, stundenlang gegangen, nie in einem Auto gesessen. Also in der Art.

Freiheit

Als ich aus dem Konzentrationslager nach Prag zurückgekommen bin, war der Kommunismus, Stalin. Ich sage Ihnen, wer das nicht weiß, was das heißt! Es war manchmal ärger als der Hitler. Katastrophal. Dann bin ich nach Israel. Fünf Kriege waren in Israel, aber Demokratie. Die Leute hier haben keine Ahnung! Man kann denken, man kann lesen, man kann schreiben, man kann fühlen, was man will. Herrlich!

Freude

Ich habe ein sehr gutes Gefühl. Ich habe meine Pflicht getan, ich habe sehr viel Freude gehabt und vielen Freude gemacht, glaube ich. Das ist ein gutes Gefühl, ein gutes Gewissen, sozusagen.

Gefühle

Als ich nach Israel gekommen bin im 1949er Jahr, habe ich mir vorgenommen, mit keinem Menschen über den Holocaust zu reden. Das ist eine versunkene Welt, jetzt fangen wir ein neues Leben an. Hauptsächlich wegen meines Sohnes, denn ich wollte ihn erziehen ohne Hass. Hass ist das Ärgste, was in uns Menschen sein kann. Und das ist mir gelungen. Ich selbst hasse nicht und mein Sohn natürlich auch nicht. Meine besten Freunde leben in Deutschland.

Gott

Wenn man schon von Gott spricht, Beethoven ist für mich Gott. Das ist nur herrlich. Der ist unbeschreiblich. Man muss der Menschheit alles Schlechte verzeihen, wenn aus ihr Beethoven geboren wurde.

Gut und schlecht

Das Leben ist so, wie wir darauf reagieren. Na, und der Spinoza, der größte Philosoph, sagt: „Alles ist Gott, Natur, Menschen, Tiere, die Planeten, alles ist Gott, aber auch gut und schlecht ist Gott.“ Ich brauche nicht auf das Schlechte zu schauen. Wenn mir etwas Unangenehmes passiert, kommt mir im selben Moment der Gedanke, das ist zwar nicht sehr angenehm, aber für das andere wird es vielleicht gut sein. Alles ist zu etwas gut. Das glaube ich. Auch das Schlechteste ist zu etwas gut.

Es gibt eigentlich wenig schlechte Menschen. Es gibt schwache Menschen. Leute, die schlecht sind, sind es aus Schwäche oder Feigheit. Sie können sich nicht entscheiden.

Wir sind nur Menschen. Wir sind gut und schlecht, 50 Prozent gut und 50 Prozent schlecht. Die Frage ist, wie man mit dem Schlechten fertig wird.

Als ich diese fürchterliche Operation hatte nach dem Tode meines Sohnes, habe ich gelernt, wie herrlich manche Schwestern im Krankenhaus dort sind. Wie besonders einer, ein junger Filipino, sich zu mir benommen hat, ist unbeschreiblich. Es sind herrliche Menschen auf der Welt. In schlechten Situationen merkt man eigentlich erst, wie herrlich die Menschen sind. Es ist absurd, aber es ist so.

Identität

Wir haben uns deutsch gefühlt, das ist nicht ganz österreichisch.

Wenn wir von der Schule gekommen sind, haben wir manchmal gefragt: „Mutter, was sind wir eigentlich? Sind wir tschechisch, deutsch oder jüdisch?“ Hat die Mutter gesagt: „Ich weiß nicht.“ Sie hat recht gehabt.

Wir sind Juden ohne Religion. Ich glaube nur an Ehrlichkeit. Wir sind ehrliche Menschen.

Kinder

Der Goethe sagt, wir müssten von den Kindern lernen, wie zu leben. Wie sie fragen, wie sie die Welt entdecken. Ich liebe Kinder und sie lieben mich. Man muss nichts besonders mit ihnen machen.

Letzte Fragen

Wir wissen ungeheure Dinge. Aber woher wir kommen und wohin wir gehen, wissen wir nicht. Die größten Philosophen wissen nicht, was nachher ist. Ich meine, es ist nichts nachher. Man wird vielleicht ein Wurm oder eine Pflanze. Aber das Bewusstsein ist nicht mehr. Wenn nichts mehr arbeitet in unserem Körper, ist kein Bewusstsein mehr.

Mann und Frau

Das Wichtigste im Zusammenleben von Mann und Frau ist nicht Sex, sondern Respekt. Das ist der Maßstab. Wenn man den Respekt nicht mehr hat, kann es nicht mehr gut sein. Die Frau muss den Mann, aber auch der Mann die Frau gleichermaßen respektieren.

Musik

Wir haben nicht viel zu essen gehabt. In der Früh ein schwarzes Wasser, das war Kaffee, mittags ein weißes Wasser, das war Suppe, und abends wieder ein schwarzes Wasser. Man war Haut und Knochen. Mein Sohn ist nicht einen Millimeter gewachsen und hat kein Gramm zugenommen. Aber der

COLLECTION LITOLFF.
No. 1797.
CZERNY
125
Passagen-Uebungen.
(Exercices élémentaires * 101 Exercises and 24 new Studies.)
Op. 261. Cah. 1.
(Clemens Schultze.)

Mensch braucht vielleicht gar nicht so viel Essen. Das Geistige ist ungeheuer wichtig für den Menschen. Wenn wir abends gespielt haben, waren wir direkt glücklich. Vielleicht waren wir damals glücklicher als im normalen Leben ohne Nazis und ohne Hitler. Diese Musik ist ein Zauber. Ich würde sagen, es bringt uns näher zu Gott. Es bringt uns von dieser Erde hinauf irgendwohin.

Prägungen

Jedes Kind hatte eine Pflicht zu tun. Ich bin um sechs Uhr früh aufgestanden und bin zu einer Bäckerei in der Nähe gegangen, um Semmeln und Brot zu holen für das Frühstück, und ich habe den Tisch gedeckt. Abends habe ich alle Schuhe geputzt, das habe ich aber freiwillig gemacht, um der Mutter zu helfen. Wenn die Mutter etwas gesagt hat, wurde es getan. Das Wort „nein" hat nicht existiert.

Staunen

Alles ist ein Wunder. Ich nehme nichts als selbstverständlich. Auch das Schlechte ist wichtig. Wir wüssten sonst nicht, was gut ist.

Die Welt ist herrlich, phänomenal. Wir sind umgeben von Wundern. Wir selbst sind ein Wunder. Das größte Wunder ist ein Kind.

Sinn

Für meinen Mann und mich war das Kind das Wesentliche. Ich muss für das Kind sorgen, ich habe eine Aufgabe hier. Nach dem Krieg, die wenigen Frauen, die zurückgekommen sind und Kinder verloren hatten im Krieg, waren viel betroffener als ich, die ich den Mann verloren hatte. Mein Kind ist mir geblieben.

Talent

Wenn jemand etwas gut kann, hat er ein leichtes Leben.

Tiefschläge

Meine Mutter wurde eines schönen Tages abtransportiert, was für mich der tiefste Punkt meines Lebens war. Die Reaktion auf dieses fürchterliche Ereignis war, dass ich nicht gegessen habe, nicht geschlafen habe, ich hatte eine Depression. Ich sehe mich noch zu unserem Haus hinuntergehen. Und plötzlich bleibe ich stehen und eine innere Stimme sagt mir: „Jetzt kannst nur du allein dir helfen, kein anderer." Und in demselben Moment kommt mir der Gedanke: die 24 Etüden von Chopin. Jeder Pianist hat, Maximum, die Hälfte davon in seinem Programm. Die Etüden sind das Schwerste, was für Klavier komponiert wurde. Und es fordert eine unerhörte Arbeit. Ich bin nach Hause und bin von neun bis vier, fünf Uhr gesessen und habe geübt, geübt, durch Monate. Vielleicht war es ein Jahr. Diese 24 Etüden. Es hat mir geholfen. Diese Arbeit hat mich so absorbiert. Von meiner Mutter habe ich nie mehr etwas gehört, nie mehr. Wo sie gestorben ist, was mit ihr geschehen ist. Nichts. Aber von meinem Mann habe ich gehört. Einige Monate nach Kriegsschluss kam ein Mann nach Prag, der mit ihm in Dachau war und ihn gekannt hat, und da hat er mir den Löffel gebracht, mit dem mein Mann gegessen hat.

Es war sehr schwer, nach dem Tod meines Sohnes weiterzuleben. Ich bin sehr oft draußen herumgelaufen, oft habe ich geweint. Ich wollte andere damit nicht belasten. Das ist meine Angelegenheit. Außerdem denke ich mir, solange ich lebe, lebt er auch, in gewissem Sinne, durch meine Gedanken, meine Gefühle. Wenn ich spiele, denke ich an ihn. Es ist schon zu etwas gut, dass ich noch da bin.

Todesangst

Eine andere Situation war, da mussten wir, Frauen und Kinder, weit außerhalb des Ghettos stehen bleiben und stundenlang warten. Wir haben nicht gewusst, was man machen soll. Plötzlich kommt ein SS-Mann und sagt: „Aufstehen und zehn Leute in eine Reihe stellen." Also ich habe gedacht, das ist das Ende meines Lebens. Ich nehme das Kind bei der Hand, wir stehen in der Reihe und warten. Jetzt ist Schluss, jetzt werden wir erschossen. Ich habe mich nicht gefürchtet. An was ich mich erinnere, ist, dass ein schwarzer Vorhang vor meinen Augen heruntergekommen ist. Das hat lange gedauert. Plötzlich hören wir Stimmen in tschechischer Sprache: „Zurück ins Ghetto!" Also, das Ghetto wurde zum Paradies. Plötzlich wurde das fürchterliche Ghetto zum Paradies.

Tod

Wir sind alle gleich. Alle fürchten wir uns fürchterlich vor dem Tod. Das ist, was wir alle gemeinsam haben. Das ist die einzige Gerechtigkeit im Leben.

Tradition

Antisemitismus wird, glaube ich, immer sein. Weil die Juden anders sind als die anderen. Alles, was anders ist, hat man nicht so gern. Auf der anderen Seite bewundere ich, dass die Juden seit 3000 Jahren ihre Religion haben. Sie bleiben dabei mit einer ungeheuren Hartnäckigkeit. Und was ich sehr bewundere: den unsichtbaren Gott. Das ist etwas Großartiges. Da habe ich schon viele gefragt, wie sie auf die Idee gekommen sind, einen Gott, den man nicht sieht, zu verehren. Mir hat das sehr imponiert.

Verbrechen

Der Hitler war ein Narr. Er war mentaly ill. Ich nehme es dem deutschen Volk, das mit ihm gegangen ist, das nicht erkannt hat, dass das ein Wahnsinniger ist, mehr übel als ihm. Wenn ich jemandem etwas übel nehme. Alle Menschen machen Fehler.

HANS HÜGLI
Knecht und Pferdenarr

In der Nähe von Bern in der Schweiz verbrachte Hans Hügli, Jahrgang 1904, seinen Lebensabend in einem Dienstbotenaltersheim. Dort können ehemalige Mägde und Knechte so lange wie möglich ihre gewohnten Arbeiten weitermachen. Hans Hügli war der „Beeren-Chef“. Er war so alt geworden, weil er, wie er lachend meinte, nie aufgehört hatte zu atmen. Sein Leben als Knecht versagte ihm eine eigene Familie. Seine ganze Liebe gehörte den Pferden. Im Dienstbotenaltersheim versorgte er viele Jahre ein Pferd namens Herta. Der Abschied von ihr fiel ihm besonders schwer. Ein Bild, das ihn mit Herta zeigte, hing an der Wand seiner bescheidenen Unterkunft im Alter.

Altsein

Warum ich so alt geworden bin? Ich habe nie vergessen zu atmen. Oder?

Jetzt kann ich nicht mehr so laufen. Ich habe einen kleinen Wagen, mit dem kann ich herumgehen. Ein bisschen Bewegung brauche ich. Ich kann keine großen Sprünge mehr machen. Ich kann nur mehr da sein.

Man muss es nehmen, wie es kommt, und zufrieden sein mit dem, was man hat.

Familie
Heiraten habe ich nie können. Es ist mir nicht gegeben gewesen. Und ein Bauernknecht hatte einen so kleinen Lohn, da konnte man keine Familie ernähren. Man musste schauen, dass man selbst durchkommt. 65 Franken hatte ich im Monat. Davon hätte ich eine Familie ernähren sollen?

Lebensfreude
Man ist schon in die Gastwirtschaft gegangen. Aber ich habe mir nicht viel aus Bier gemacht. Ich habe lieber am Abend daheim Zeitung gelesen. Bier gab es ohnehin nur am Sonntag. Sonst gab es während der Woche Most zu trinken. Wenn man etwas anderes wollte, musste man es sich selbst besorgen.

Maßhalten
Ich habe keinen Schnaps getrunken. Ich habe immer einigermaßen in der Ordnung gelebt und gewusst, was ich tun muss. Man muss alles mit Verstand machen.

Tierliebe
Am Morgen habe ich immer Arbeit gehabt mit dem Ross. Sie, die Herta, war sehr anhänglich, und ich war auch lieb mit ihr. Man darf ein Pferd nicht schikanieren, man muss im Gegenteil gut mit den Rössern sein.

Die Herta war das liebste Ross. Sie ist leider lahm geworden, weil sie sich am Fuß verletzt hat. Das Pferd hat mir so leid getan, sie hat mich angeschaut, sie hat Schmerzen gehabt. Wenn das Tier Schmerzen hat, kann man dem abhelfen. Der Mensch muss warten, bis seine Stunde da ist. Wie ich gesehen habe, dass das Ross solche Schmerzen hat, bin ich zum Chef und habe ihm gesagt, er soll mit ihr abfahren, sie gehört zum Metzger. Kurzum, er ist mit ihr gegangen. Sie hat mir so leid getan, aber was soll man tun? Sie sollte doch keine Schmerzen haben. Der Blick, den sie zuletzt gehabt hat, den vergesse ich nie. Mit dem Blick wollte sie mir sagen: „Hilf mir!"

Wenn auf einem Hof mit den Menschen gut umgegangen wurde, dann wurde auch mit den Tieren gut umgegangen.

JOSEFINE KOSICEK
Sozialistin und Alleinerzieherin

Gleich nach Beendigung der Schulpflicht, mit 14 Jahren, war Josefine Kosicek der Sozialistischen Partei Österreichs beigetreten. Der Vater war Fuhrmann bei der Einkaufskette Konsum gewesen, und ebenso wie die Begeisterung für Rapid übernahm Josefine auch die politische Gesinnung von ihm. An ihrem 100. Geburtstag am 15. Mai 2005 feierte die Republik Österreich auch das 50-Jahr-Jubiläum der Unterzeichnung des Staatsvertrages. Josefine Kosicek war deshalb als Ehrengast beim Bundespräsidenten. Als Filialleiterin einer Putzerei brachte sie sich und ihren Sohn nach dem frühen Tod ihres Mannes über die Runden. Außerdem engagierte sie sich als Organisatorin von Jugendlagern. Ihren Lebensabend verbrachte sie in einem Altersheim, in der Nähe ihres Sohnes, der Enkel und Urenkel.

Achtung

Man muss auf jeden Fall Respekt voreinander haben. Jeder soll sein, was er ist.

Beruf

Ich habe die Putzerei bis 1973 gehabt. Ich habe immer gerne gearbeitet. Es ist viel getratscht worden im Geschäft. Mit jedem Schmarren sind die Frauen zu mir gekommen, sogar, was sie kochen sollen. Ich habe auch Ratschläge gegeben. Ich habe mich sehr gut verstanden mit den Leuten. Um acht Uhr habe ich aufgesperrt und bis sechs Uhr offen gehabt, ohne Mittagspause.

Kinder

Ich war immer stolz auf meinen Sohn, schon als er klein war. Er war ein Braver. Ich habe ihm nie Schläge gegeben, das ist alles mit Reden gegangen. Ich habe viel mit ihm geredet.

Krieg

Ich war enttäuscht vom Staatsvertrag wegen des Militärs. Ich habe gesagt, ich bin dagegen wegen der Wehrpflicht, weil mein Sohn auch hätte einrücken müssen und weil wir durch den Krieg doch so viel mitmachen mussten. Ich hätte meinen Sohn auf gar keinen Fall für das Vaterland geopfert.

Leidenschaften

Fußballfan bin ich heute noch. Nur von Rapid. Ich bin aufgewachsen auf dem Fußballplatz. Mein Vater war ein Funktionär von Rapid. Da bin ich immer mit gewesen, war immer am Vater seinem Kittel angehängt. Ich habe auch für die Rapid-Spieler geschwärmt. Wenn die gespielt haben, bin ich am Rand vom Spielfeld gesessen. Kutan hat einer geheißen, den ich verehrt habe. Ich schaue mir hie und da noch ein Fußballspiel an im Fernsehen, aber so fanatisch bin ich nicht mehr wie früher.

Letzte Fragen

Ich habe schon so viel erlebt, es reicht schon.
Wenn ich gestorben bin, bin ich gestorben.

Mut
Ängstlich war ich nie. Man kann ja nicht im Vorhinein schon Angst haben.

Prägungen
Wir waren vier Kinder. Es waren schlechte Zeiten damals, sehr schlechte. Wir hatten schon genug zu essen, sind nicht verhungert. Mein Vater war Fuhrwerker. Er hat Ross und Wagen gehabt, er ist für den Konsum gefahren. Ich bin oft mitgefahren, habe Packerl hinein- und hinausgetragen.

Politik
Mit 14 bin ich schon zur Partei gegangen, weil ich der Überzeugung war, dass es die beste Partei ist für mich, dass sie das meiste machen. Sie haben den Urlaub erkämpft, sie haben das alles gemacht, Das ist alles durch die Roten gekommen. Ich war schon immer eine Rote, schon als Kind. Und ich bin heute auch noch dabei.

Für die Kinderfreunde habe ich Sommerlager gemacht. Da waren zuerst 500 Kinder, dann beim internationalen Lager 2000. Ich habe den Wirtschaftsteil gemacht. Ich war die Mutter. Das ist gut gegangen. Wenn man rechtzeitig bestellt hat, hat man alles gehabt. Ich hatte einen Küchenchef und ein paar Frauen in der Küche. Ich habe nur eingeteilt, was gekocht werden musste. Das war 1948/49. Das waren noch schlechte Zeiten. Drei Schilling fünfzig hatte ich pro Kind und Tag für die Verpflegung. Ich bin überall schnorren gegangen. Ich war bei der ganzen Bundesregierung verschrieen als Schnorrerin.

FRANZ XAVER PERKHOFER
Musiker und Lehrer

Im Tiroler Bergdorf Wenns lebte der Lehrer Franz Xaver Perkhofer, Jahrgang 1905. Er war mit Leib und Seele Volksschullehrer und Musiker und hat Generationen von Schülern unterrichtet. Als gläubiger Katholik legte er sich in der Nazizeit mit den tonangebenden Behörden an und wurde deswegen in eine Kleinstschule strafversetzt. Im letzten Drittel des Krieges war er in Griechenland als Schreiber zur Wehrmacht eingezogen. Besonders prägend war für Perkhofer auch die Liebe zu seiner Frau, einer Schweizerin, die er gegen den Willen der Schwiegereltern schließlich doch geheiratet hat. Sich selbst bezeichnete er im hohen Alter als „Überbleibsel".

Kinder

Die einklassige Schule ist eigentlich das Ideal der Schule. Das ist erzieherisch einmalig, weil die älteren Kinder Miterzieher sind und die Kleinen von den Großen lernen. Wenn ich die Kleinen unterrichtet habe, haben die Großen eine Stillarbeit gehabt und die Mittleren auch, eine Rechenaufgabe, einen Aufsatz. Mit den Kleinen habe ich das „Fundament der Wissenschaft" begründet. Lesen, Schreiben sind heute noch wichtig, wichtiger als alle anderen Realienfächer. Lesen überhaupt. Für die Kleinen ist das Lesen eine ganz gewaltige Leistung. Ganz gewaltig. Das ist die größere Leistung als wenn einer eine Dissertation schreiben muss.

Mein Obstgarten war immer auch offen für die anderen Kinder, da haben sie gespielt und auch Schule gehalten. Das hat mir selbst Freude gemacht. Es gibt nichts Schöneres als mit Kindern zu arbeiten. Es gibt auch keinen schöneren Beruf als den Lehrberuf, den Volksschullehrberuf, den Elementarunterricht.

Es gibt Kinder, die einem Freude machen, und Kinder, die einem Schwierigkeiten machen. Aber man muss auch die gerne haben. Auch wenn eine strenge Hand notwendig ist.

Ich habe in Wenns, ich habe es nicht gezählt, ich kann nur schätzen, ungefähr 1500 Schüler gehabt. Sehr viele von meinen Schülern sind schon gestorben. Meine Schüler sind vorausgegangen. Hoffentlich erwarten sie mich.

Letzte Fragen

Ich denke jeden Tag, Tag und Nacht, ans Nicht-mehr-Sein.

Für mich ist dieses Wort „Siehe, ich bin die Magd des Herrn", das wir täglich beten, ein Wort des Gehorsams. Wenn Maria nicht Ja gesagt hätte, dann gäbe es kein Christentum. Da fängt die Weltgeschichte erst an. Was vorher ist, ist nur Vorstufe.

Und das Schlimmste, die größte Prüfung, die Jesus von Gott aushalten hat müssen, wissen Sie, was das ist? Die Versuchung mit dem Widersacher war eine große Prüfung. Ungeheuer. Und verschiedene Ereignisse, das bittere Leiden und Sterben, die Passion, waren furchtbar. Aber die schlimmste

Prüfung ist eigentlich, wenn Jesus sagt: „Eli, eli, lama sabachtani." Mein Gott, mein Gott, warum hast du mich verlassen. Die Gottverlassenheit ist das Schlimmste, und diese Prüfung hat Jesus überstanden.

Leichtigkeit
Ohne Humor geht es nicht. Humor muss man haben.

Ich habe ein reiches Leben gehabt. Das Amt des Direktors trägt dazu eigentlich bei. Mich freut es, ohne dass ich mir darauf etwas einbilde. „Alles Irdische ist vergänglich, nur der Kuhschwanz, der bleibt länglich."

Liebe
Die wichtigste Zeit? Das kommt darauf an, von welcher Seite man das betrachtet. Der Krieg war ein großer Einschnitt in meinem Leben. Die ersten Dienstposten, die waren für mich sehr schön, haben mir Freude gemacht. Meine Verlobung, mein Verhältnis zu meiner Frau. Wir haben fünf Jahre brieflich korrespondiert. Das war eigentlich schon ungewöhnlich. Wir haben uns im Kirchenchor getroffen, weil sie eine schöne Stimme gehabt hat. Die Eltern waren nicht einverstanden. Der Vater hat ein Unternehmen gehabt, er war Zimmermeister in Zürich. Einen Fachmann hat er für seine Tochter im Kopf gehabt. Die Mutter hat mich auch nicht angenommen. Jedenfalls hat es eine Weile gebraucht, bis sie sich einigermaßen damit abgefunden hatten, dass ich nicht nachgebe. Wir waren sehr glücklich verheiratet. Wir haben den sechzigsten Hochzeitstag gefeiert.

Maßhalten

Ich habe immer mit Maß gelebt. Mäßigkeit war meine wichtigste Einstellung. Bei allem, was man übertreiben kann, habe ich mich gehütet. Insofern bin ich gut gefahren.

Überleben

Da kommt der Hauptmann Häuser von der ersten Kompanie und meldet, dass nur mehr sechs Mann übrig geblieben sind, die anderen sind von den Partisanen aufgerieben worden. Da sind wir drei nun gelegen, nichts zu essen, nichts zu trinken, kein Wasser, aber wenigstens waren wir noch am Leben. Das war am Gründonnerstag. Die Gefechte mit den Partisanen sind bis zum Karsamstag weitergegangen. Am Karfreitag hat ein Flieger, ein sogenannter Fieseler Storch, bei einem Erkundungsflug unsere schlimme Lage erkannt. Zwei ukrainische Bataillone haben die Partisanen verjagt und uns befreit. Und am Ostersonntag haben wir wieder Wasser getrunken und Kuchen gegessen. Die Leute von Kakani haben uns zu essen gebracht, obwohl wir Feinde waren. Das war ein besonderes Essen.

GÜNTHER SCHWAB
Autor und Umweltaktivist

Günther Schwab stammte aus einer k.u.k. Familie, die mit Uniformen für Finanzbeamte und Gendarmen viel Geld verdiente. Eine Einnahmequelle, die mit dem Ende der Monarchie versiegte. Günther Schwab versuchte sich erst als Bankbeamter, dann als Förster, um schließlich als Autor und Vortragender Erfolg zu haben. Mit dem Film nach seinem Roman „Der Förster vom Silberwald" hätte der Autor Günther Schwab reich werden können. Doch er hatte die Rechte pauschal an die Filmfirma abgetreten. Viele seiner insgesamt 52 Bücher wurden in den 1950er und 1960er Jahren gern gelesen. Sie gelten als frühe Klassiker des für Naturschutz und Ökologie engagierten Genres. Im Alter lebte er in Salzburg, schwer an Parkinson erkrankt.

Altsein

Was das Leben einem Greis am Ende seines Lebens bieten kann, das bietet es mir noch. Ich meine, nicht alles. Ich gehe nicht mehr jagen, ich töte kein Tier mehr. Und so geht es halt langsam auf die Endstation zu. Mit einem Lächeln. Ich war im Krieg und ich war x-mal in schwierigen Situationen. Ich hätte zugrunde gehen können, dazu gab es viele Gelegenheiten. Ich habe sehr viel Glück gehabt. Man muss zufrieden sein. Ich habe Gott sei Dank kein Leiden, keine Krankheit. Und die paar Tage, die ich noch habe, werde ich hoffentlich noch einigermaßen anständig hinter mich bringen.

Geborgenheit

Wenn ich draußen in der Natur bin, fühle ich mich geborgen. Ich bin nicht allein. Ich weiß, es sind Millionen göttliche Dinge um mich herum. Wenn ich es auch nicht sehe, höre, verstehe, aber sie sind da. Und wenn ich nicht daran glaube, so bin ich kein Mensch.

Gefühle

Es wendet sich dauernd etwas zum Besseren. Es gibt Dinge, die wir nicht erfassen, aber die wir spüren. Dieses Spüren ist das eigentliche Leben.

Ich war als Förster natürlich auch Jäger, und die weidgerechte Jagd ist etwas Schönes, Edles, Gewachsenes, etwas Wertvolles. Doch ich möchte heute kein Tier mehr töten. Wenn es sein muss, und es muss ein, dann sollen es andere machen, aber nicht ich. Ich fühle mich dem Tier gegenüber viel zu stark verbrüdert. Und Tiere sind viel, viel gottähnlicher als wir vermuten.

Gott

Die Vorstellung der Fortsetzung des Lebens in einer anderen Form, in einer anderen Welt, diese Vorstellung ist so gewaltig, dass wir als heute Lebende das nicht ausschließen können, uns aber auch nicht vorstellen können. Ich glaube an ein Fortleben nach dem Tod, aber nicht in der leiblichen

Form. Nicht also durch Fortsetzung des körperlichen Lebens mit allen Eigenschaften, sondern in einer höher stilisierten Form, welche die Persönlichkeit auslöscht. Wir sind zu klein und zu dumm, um das zu begreifen. Aber irgendetwas ist da, das weiterlebt in einer vollkommenen Form.

Die Welt so, wie wir sie kennen und erleben, könnte nicht bestehen ohne eine latente Kraft, eine Kraft, die vielleicht unsichtbar, vielleicht sogar unfühlbar ist, aber an die wir doch glauben, weil sie unser Leben zu stark beeinflusst. Und es ist schön, sich in dieser Kraft geborgen zu fühlen, wenn wir auch diese Kraft nicht personifizieren dürfen.

Wir sind zu klein, um uns den Herrgott vorstellen zu können. Etwas ist da, überall in diesem Leben und im Tod, aber wir können es uns nicht vorstellen. Allein der Glaube, dass es so etwas gibt, ist hilfreich.

Ich habe die Überzeugung, dass unser Leben sinnvoll war, dass es eine Aufgabe hatte, die ich vielleicht nicht erkannt und erfüllt habe.

Und dass es etwas gibt, das wir uns nicht vorstellen können und wofür wir den Namen Gott haben. Gott, das ist zu groß für uns. Aber es ist da. Gott ist zu groß, um ihn zu benennen, um ihn an die Wand zu malen. Gott ist zu groß für die Bibel. Aber er ist. Sonst gäbe es kein Leben. Das ist ja das Wunderbare am Leben, dass wir an eine Grenze stoßen und wissen, jenseits ist die Wahrheit.

Der Mensch ist ein ganz kleines, unbedeutendes Würmchen. Aber dass er etwas Großes, etwas Göttliches sich vorzustellen vermag, das ist das Große an ihm.

Für mich ist die Welt etwas Schönes, Beglückendes, ein harmonisches Ganzes. Und ich kann mich mit einer Ameise unterhalten. Auch das ist Religion. Aber für die große Masse der Gläubigen müsste die Lehre in eine bestimmte Form, in eine bestimmte Sprache gebracht werden. Für mich ist die Bibel der gläubige, kindliche Versuch, das Göttliche zu ertasten. Ich glaube, das ist sehr menschlich.

Naturgesetz

Jede Lebensform, jeder Grashalm, jede Mücke verbraucht ein Stück Umwelt. Das Moment der Zerstörung ist also mit dem Leben verbunden. Das ist ein Naturgesetz.

Prägungen

Ich als der Sohn eines Großkaufmannes musste natürlich auch wieder Großkaufmann werden. Als wir nach Wien übersiedelten, hat mich mein Vater auf die Handelsakademie gesteckt. Am Karlsplatz. Ich habe das als selbstverständlich hingenommen, und doch war es ein Abschied. Mein Vater konnte sich kommerziell und finanziell nicht mehr erholen, und mir war das Lernen an der Handelsakademie zuwider. Damals habe ich erstmals zu fühlen begonnen wie ein Förster, in einer ganz anderen Welt, und das war der entscheidende Punkt, wo ich vom Kommerz in den Wald gewechselt habe.

Tod

Das Leben ist ein schönes Ding, auch für mich. Und ich sterbe nicht gern. Aber einmal muss es zu Ende sein.

Wahrheit

Wichtig ist das Suchen nach Wahrheit, auch wenn man die Lüge für die Wahrheit hält.

Seid gut, aber seid schlau, damit ihr nicht zu Schaden kommt. Das Gute ist da, wir müssen es sehen, erleben, wirken lassen, dann wirkt es. Wenn wir es nicht sehen oder nicht wahrhaben wollen, dann wirkt es nicht.

Man darf das Böse nicht herausfordern, das Böse nicht stärken durch bewusste Irrtümer. Und wenn wir sagen das Böse, sollten wir sagen: das Zerstörende, obwohl in anderem Sinne die zerstörende Kraft in der Welt auch eine aufbauende Kraft hat. Man kann heute zweifelsfrei feststellen, was dem Leben dient und was nicht. Das Böse kann man nicht erkennen, sondern man muss es erfühlen.

Zukunft

Ich denke immer an die Zeit, wo es auf der Erde keine Menschen mehr geben wird. Ich frage mich, wie wird das sein, wer hat dann das Sagen? Es hat in den Jahrmillionen immer Lebensformen gegeben, die im Stadium gewisser Höhepunkte vielleicht die Erde beherrscht haben und schließlich verschwunden sind. So wird es auch den Menschen gehen.

LOTHAR VON STERNBACH
Gutsherr und „Dableiber"

Der Bauernhof in Uttenheim und der Ansitz der Familie im nahen Bruneck in Südtirol waren die Wirkungsstätten von Lothar von Sternbach. Zusammen mit seiner Frau Lucie hatte er neun Kinder, 32 Enkel und neun Urenkel. Lothar von Sternbach galt während des Nationalsozialismus, als Südtirol von Deutschland besetzt war, als „Dableiber". Er hatte sich bei der Abstimmung, die den Deutschsprachigen in Südtirol angeboten hatte, „heim ins Reich" zu kommen, dagegen entschieden. Seine Begründung: Er könne sich doch nicht wegen eines Menschen verpflanzen. Zudem war er vom Unrecht des Systems überzeugt. Als Dableiber war er zahlreichen Anfeindungen ausgesetzt. Dennoch engagierte er sich nach dem Krieg auch kommunal.

Abenteuer
Meine Welt ist da, im Kopf, ich brauche nicht wegzufahren.

Beruf
Bei der Berufswahl habe ich, wie so viele, nicht gewusst, was ich machen soll. Nach dem Ersten Weltkrieg war die Lage sehr schwierig. Da hat man auch nicht gewusst, was man raten soll. Ich bin dann Bauer geworden, ich habe drei Jahre selber gemolken, ich habe 48 Geburten im Stall selbst geleitet. Ja, das ist etwas Schönes. Ich habe einen Kurs mit-

gemacht über Viehhaltung, und da habe ich auch Geburt und alles gelernt. Das hat mich begeistert.

Bildung

Ich habe das humanistische Gymnasium in Innsbruck besucht und war ein begeisterter und bin es heute noch, wie sagt man da, ein Humanist. Ja. Mir hat zum Beispiel am Latein der Formenreichtum außerordentlich gut gefallen, weil jede Form eine andere Bedeutung hat. Das hat mir großen Eindruck gemacht, dass eine Sprache das zustande bringt. Wenn über das Griechische in der Schule gesprochen wird, sage ich Kindern heute noch: Seid doch froh, wenn ihr ein humanistisches Gymnasium besuchen dürft. Und in den Dialogen des Plato lesen dürft. Das ist doch ein Glück.

Charakter

Ich war ein führender Kopf bei den Dableibern. Und da habe ich wahnsinnig viele Anfeindungen aushalten müssen. Das war das Merkwürdige, mein Vater hat in den ersten Tagen, wo diese ganze Option über uns hereingebrochen ist, gesagt: „Du, pass auf, es wird uns nichts anderes übrig bleiben als auch zu gehen, das ganze Volk geht." Und dann sagt er noch: „Denk an deine Kinder." Da sage ich: „Ja, ich kann dir nur sagen, Vater, dass ich auf alle Fälle bleibe. Mit all meiner Hartnäckigkeit, deren ich fähig bin, werde ich da bleiben und das Dableiben weiter unterstützen." Und ich war vier Jahre lang der böse Bube in Südtirol. Das war nicht ganz leicht, aber kraft meines Humors und meiner Dickschädligkeit ist es gelungen.

Ich wollte nicht weg, weil ich da her gehöre! Ich kann mich doch nicht wegen eines Menschen, der auf einmal sein Volk bei sich haben will, verpflanzen. Das kann ich mir doch nicht gefallen lassen.
Gegen Ende der Optionszeit, wenn man da als Dableiber hinausgegangen ist und Propaganda fürs Dableiben gemacht hat, dann war man in Gefahr, dass man durchgeprügelt oder im Winter in den Brunnen geschmissen wird. Ich bin dem entgangen, weil ich selbst zu stark war. Ich habe die halt versohlt, und dann haben die froh sein müssen, dass sie davongekommen sind.

Ich kämpfe gerne. Das hat mir immer Spaß gemacht.

Ehrgeiz

Wie ich den Besitz übernommen habe, ist kein Geld da gewesen. Der Vater hat mir noch ein gewisses Kapital zur Verfügung gestellt, damit ich mir ein paar Gerätschaften und Vieh kaufen kann, und dann hat er gesagt, jetzt will ich aber nichts mehr hören von dir. Da habe ich den Ehrgeiz gehabt, der Vater wird nicht mehr um eine Lira gebeten. Dann hätte ich wirklich einmal Geld gebraucht, und da habe ich lieber bei einem Vetter Geld geborgt, als dass ich zum Vater gegangen wäre.

Familie

Ich habe ein großes Vertrauensverhältnis gehabt zu den Kindern. Ich bin an und für sich ein lustiger Mensch. Wir haben sehr viel gelacht zusammen. Wir haben sehr viel Familiensinn gehabt. Ich habe meinen Vater sehr verehrt und sehr auf sein Wort gehört. Das war das Verdienst meines Vaters. Er war eine prachtvolle Persönlichkeit.

Gerechtigkeit

Im Jahre 1931, 1932, da hat der Hitler in Südtirol einen Namen gehabt, weil man gemeint hat, der wird Südtirol mit Deutschland zu einem großdeutschen Reich vereinen, sodass die Jugend Südtirols zu einem Teil Sympathie gehabt hat für Hitler. Und dann kommt mein Vater gesprächsweise darauf und sagt: „Jetzt muss ich dir etwas sagen, das musst du dir merken: Eine Politik ohne Gerechtigkeit ist eine schlechte Politik."

Für meinen Vater, der Verwaltungsjurist war, ist der Begriff der Gerechtigkeit ein ganz wichtiger gewesen. Er hat gesagt, eine Politik, die nicht auf Gerechtigkeit aufgebaut ist, sondern wie es beim Hitler war und bei allen Diktaturen, auf Zwang, die kann nicht gut sein. Und das weiß ich heute noch.

Wenn, sagen wir, Vorteile ausgegeben wurden, dann ist man als Dableiber ausgelassen worden. Zum Beispiel war ein Dorfbrand in St. Georgen, das ist das nächste Dorf nördlich von Bruneck. Danach hat Deutschland, hat der Gauleiter Hofer, der für das Gebiet zuständig war, sich erkundigt, was die Leute sich am ehesten wünschen und nicht kriegen können. Der Bauer hat ein anderes Verhältnis zum Hut als die Bürgerlichen, da haben die Bauern gesagt: „Wir kriegen keine Hüte." Also sind Hüte verteilt worden in St. Georgen, und da sind die Dableiber ausgelassen worden. Da haben sie keine Großzügigkeit gekannt.

Glaube

Herrlichkeit ist dieses unvorstellbare Glücksgefühl, ein falscher Ausdruck, die unvorstellbare Schönheit göttlichen Lebens. Das ist da.

Ich bin religiös geworden durch Romano Guardini, durch das Buch „Der Herr". Und jetzt habe ich da noch etwas liegen von Guardini, „Das Ende der Neuzeit". Ja, jedenfalls hat der Guardini sehr zur Festigung meiner Persönlichkeit beigetragen. An Guardini war erstens das Bestechende, dass er eine wunderbare Sprache hat. Die Sprache ist einfach, ein paar Sätze zu lesen, ist ein Genuss. Und dann ist er ein Denker, der sich nichts schenkt. Es ist prachtvoll.

Das wissenschaftliche Denken, das streng logische Denken, führt zu einem gewissen geistigen Hochmut allem gegenüber, was nicht mit der Logik erreichbar ist. Und daher stammt auch diese allgemeine Ablehnung – kann man vielleicht nicht sagen –, aber die Gleichgültigkeit allem religiösen Denken gegenüber.

Wenn Religion nur auf Empfinden aufgebaut ist, dann hält sie nicht lange. Religion braucht schon auch den Kopf.

Hilfe

Viktor Frankl schreibt in einem seiner Werke, dass jeder Mensch noch in gesunden Tagen daran denken solle, dass er einmal ein Pflegefall werden könnte. Damit soll er sich durch bewusstes Konzentrieren vor dem Einschlafen befassen: Du könntest auch einmal ein Pflegefall werden. Das Unangenehmste am Pflegefall ist ja, dass man bei den Dingen, die man sonst am liebsten allein tut, also auf den Abort gehen, Hilfe braucht. Das ist wirklich das Peinlichste. Da sagt der Viktor Frankl, oh Mensch, bereite dich auf das vor, und das habe ich getan. Das nützt mir jetzt sehr viel.

Man muss sich wünschen, viel Geduld zu haben und Rücksicht zu nehmen auf die Pflegerinnen. Was der Pflegeberuf bedeutet, das weiß ich erst heute. Den Pflegerinnen muss man schon mit Geduld ihre Arbeit leicht machen.

Liebe

Meine Frau habe ich sehr geliebt. Sie war aus Wien, merkwürdigerweise. Sie war Musiklehrerin, ich habe sie auf einer Reise in die Schweiz kennengelernt. Sie hat dort Verwandte gehabt, weil ihr Vater Schweizer war, und da hat sie einmal die Verwandten besucht, und ich habe in der Schweiz studiert. Sie war sehr hübsch. Lucie hat sie geheißen. Als ich sie das erste Mal sah, hat sie mir so gut gefallen, dass ich mir gedacht habe: Die möchte ich einmal heiraten. Das war so ein dummer Gedanke. Aber es war tatsächlich der erste Gedanke.

Da ist etwas, das mir heute kein Mensch glaubt. Ich war viel mit ihr beisammen, aber ich habe sie nicht angerührt bis zur Hochzeit. Das kommt ja selten vor. Wir waren sehr vertraut und sehr verliebt ineinander. Aber da haben wir gesagt, wir sind beide sehr religiös gewesen, das wollen wir durchhalten und warten, bis wir richtig verheiratet sind. Diese Entscheidung war richtig. Wenn man 62 Jahre gut verheiratet ist und die Liebe weiter besteht, ist es eine gute Ehe.

Da gibt es von einem Lyriker, den ich sehr schätze, den Satz: „Daran ich mich ewig entzücke, Bild des geliebten Gesichts, rettende Brücke über das Nichts, begleitende Fähre über den Urstrom der Zeit." Ich weiß nicht, da fehlt mir ein Wort, und dann kommt zum Schluss: „Engelsgeleit". Und das fällt mir immer ein, wenn ich das Jugendbild meiner Frau anschaue.

Meine Frau und die Familie, die waren der Mittelpunkt meines Lebens.

Lustbarkeiten

Ich bin sehr lustig gewesen. Und eine schwache Seite, die ich habe, ist der Wein. Ich war ein bisschen ein Trinker. Ich habe schon öfter einen Affen gehabt, sehr zum Leidwesen meiner Frau. Das war für sie furchtbar. Ich habe ihr ein paar Mal gesagt: „Du, horch einmal, ich gebe zu, hie und da habe ich ein Affl gehabt, das geht dir schon auf die Nerven, aber ich mache dich doch aufmerksam, ich habe nie einen Bauernrausch gehabt." Das hat sie halt zum Schluss zur Kenntnis nehmen müssen. Aber sehr ungern.

Vermächtnis

Was von mir bleiben wird? Das überlasse ich dem lieben Gott. Ja, es bleibt einmal eine große Familie über, viele meiner Gedanken in den Lebenserinnerungen. Was soll noch bleiben von mir? Dann hoffe ich, dass in meinen Angehörigen eine gute Erinnerung an mich bleibt, dass weiterhin noch Leute in Liebe an mir hängen. Meine Erinnerung pflegen, weil sie mich geliebt haben. Die Liebe ist ein ganz wichtiger Beweggrund in unserem menschlichen Leben.

Vertrauen

Ich bin sehr religiös. Sterben ist für mich nur ein Abschied, ein Übergang in die ewige Heimat. Wenn es heute hieße, leg dich hin, mach die Augen zu, bin ich sofort dazu bereit.

Versöhnung

Es ist jetzt vorbei, es sei ihnen verziehen. Mit allen, mit denen ich damals über Kreuz gekommen bin, lebe ich heute in Frieden. Ich kenne keine ewige Feindschaft.

Ich habe schon einige Male Leuten Unrecht getan. Einige meiner Taten möchte ich schon zurücknehmen können, möchte ich ungeschehen machen. Das stimmt schon. Aber es ist nicht furchtbar viel. Ja, aber das schönste Geschenk ist schon die Liebe.

EMILIE TITZ
Laufmädchen und Ehefrau

Ihr Vater war Schuster, ihre Mutter Schneiderin. Emilie Titz erlebte in ihrer Familie die Notzeiten des Ersten Weltkrieges. Ein Beruf blieb ihr verwehrt. Die Familie hatte nicht das nötige Geld, ihr eine Ausbildung zu bezahlen, und Emilie war durch einen Unfall an der Hand beeinträchtigt. So verdingte sie sich als Laufmädchen für Handelshäuser und entwickelte eine große Liebe zum Lesen. Nach ihrer Heirat war sie Hausfrau und Mutter. Ein wenig aufregendes Leben, das durch die Leseabenteuer im Kopf ausgeglichen wurde. Ihren Lebensabend verbrachte Emilie Titz in einem großen Altersheim in Wien.

Armut

Der Vater war Schuhmacher. Der hat die besten Schuhe gemacht. Der hat feine Damen gehabt, die zu ihm gekommen sind. Wir waren sieben Kinder. Können Sie sich vorstellen, wie arm die Mutter damals war? Die hat müssen noch Wäschewaschen gehen. Die hat in der Nacht gekocht, damit wir mittags etwas zu essen hatten. Wir waren oft hungrig. Und keiner ist so alt geworden wie ich.

Bildung

Ich habe viel gelesen, ich habe Bücher aus der Bibliothek geborgt. Was mich interessiert hat, habe ich mir gemerkt. Das macht die Übung, dass ich heute noch denken kann.

Ehe

Geheiratet habe ich vor dem Krieg, ich war 23 Jahre alt. Fünf Jahre bin ich mit meinem Mann gegangen, ich wollte ihn aber nicht heiraten, ich habe es immer rausgeschoben. Er war ein sehr netter Mensch, er hat mich gern gehabt, aber ich wollte noch frei sein, ich wollte noch was erleben. So habe ich ihn zurückgehalten. Dann hat er gesagt: „Entweder du heiratest mich oder es ist aus, länger warte ich nimmer." Da war ich 23. Da habe ich ihn geheiratet. Ein braver Mann war er. Wir haben vor der Hochzeit ausgemacht, dass jeder in der Ehe machen kann, was er will. Ich habe meine Freiheit, du hast deine Freiheit. Er war leidenschaftlicher Kartenspieler, er ist bis in die Nacht im Kaffeehaus gesessen und hat Rommee gespielt. Ich bin im Bett gelegen und habe Romane gelesen. Oder bin ins Kino gegangen.

Es ist nicht schön, alt zu werden. Lesen kann ich nicht mehr. Ich habe den grauen Star, der verkalkt langsam, sagt der Arzt. „Blind werden Sie nicht, aber Sie sehen schlechter." Muss ich warten, bis der Teufel mich holt, aber er will nicht kommen.

Gesundheit

Ich habe mich immer mit kaltem Wasser gewaschen und das Wasser nie abgewischt, sondern nur abgeklopft. Und in der Früh esse ich Kümmelbraten statt Kaffee.

Humor

Ich war schon 100 Jahre alt, aber ich bin noch übermütig wie ein junges Mädel. Aber es sind hier die Männer nicht dazu. So denke ich mir, du hast dein Leben genossen, du könntest schon gehen. Aber dann sage ich, nein, der Teufel will dich noch nicht. Er hat Angst, dass ich alle närrisch mache, deswegen lässt er mich noch leben.

Ich denke an vergangene Zeiten, das ist das Einzige, was ich tu. Dann muss ich oft lachen, welche Streiche ich gemacht habe, und so vergeht mir die Zeit.

Letzte Fragen

Ich glaube nicht, dass es nach dem Tod weitergeht. Wenn Sie einmal drinnen liegen, fressen Sie nur die Würmer, wenn sie den Sarg durchgebissen haben. Wenn Sie dick sind, brauchen sie länger, und wenn Sie mager sind, sind sie schneller fertig. Ja, ja, der Übermut, der bleibt. Und das ist gut, wenn man so übermütig ist, wissen Sie, weil man dann die Angst nicht so hat. Sonst hat man Angst vor dem Sterben. Aber so, wenn Sie lustig sind und schon bemerken, es geht zu Ende – Sie müssen rechnen, ich bin schon 100 Jahre, ewig lebe ich nicht. Wer weiß, wie lange das noch dauert. Nur wünsche ich mir das eine, dass ich mich am Abend niederlege und dann einschlafe. Sonst ist das nichts Gutes.

So hübsch bin ich nicht, dass ich ein Denkmal werde.

Prinzipien

Ich war immer sehr beliebt, weil ich lustig war. Ich war nicht frech. Aber die Einfälle sind mir gekommen, wo die anderen gesagt haben: „Das ist erstaunlich, auf diese Einfälle wären wir nie gekommen.“ Ich war ein lustiges Mädel. Als ich jung war, hab ich im zweiten Bezirk gewohnt, im Prater. Wenn ich im Prater eine Bekanntschaft gemacht habe, sobald einer zweideutig geworden ist, habe ich taube Ohren bekommen und von ganz etwas anderem geredet. Und er hat sofort gewusst, da bin ich bei der Falschen angekommen. Aber respektiert haben sie mich alle.

Ich habe lustige Augen, aber auch böse Augen. Wenn mich einer fürs Bett wollte, der gemeint hat, weil ich lustig bin, bin ich auch für das geeignet, den habe ich angeschaut, dann hat der alles gewusst.

Tod

Wissen Sie, die ganze Verwandtschaft ist mir gestorben, jetzt bin ich allein. Ich habe alles bezahlt, mein Begräbnis, mein Grab auf zehn Jahre am Hernalser Friedhof. Da liegt mein Mann, da will ich auch liegen. Da werde ich dann sagen: „Servus, jetzt bin ich auch da.“. Wissen Sie, der Übermut, der ist halt furchtbar und der wird nicht besser.

Ich sage mir, du hast dein Leben genossen, jetzt kannst du gehen. So fällt mir das Sterben nicht so schwer. Dann schlafe ich ein, hoffentlich, weil Beschwerden habe ich gar keine. Natürlich ist es leichter, wenn man ohne Schmerzen einschläft und nicht mehr munter wird.

CHRISTINE TRÖTHAN
Offizierstochter und Serviererin

Christine Tröthan war die Tochter eines Dienstmädchens, das vom Sohn des Hauses geschwängert wurde. Der Offizierssohn heiratete die Dienstbotin nicht, zahlte aber für seine Tochter. Christine wuchs bei Pflegeeltern und Tanten auf. Das Geld des Vaters floss allerdings in die Ausbildung ihrer Brüder. Ihr blieb nur, sich zur Versorgung einen Mann zu suchen. Sie heiratete einen beträchtlich älteren Eisenbahner, der sich aber bald als Alkoholiker entpuppte. Christine verdingte sich als Serviererin, brachte es aber nie zu dem erhofften Wohlstand. Ihre letzten Lebensjahre verbrachte sie in einem Altenwohnheim am Semmering.

Armut
Wenn du arm bist, bleibst du arm. Wenn du nicht was erbst, kommst du nicht hoch. Ich hätte halt immer gern ein Geschäft gehabt. Aber mit nichts bekommen Sie nichts. Und wenn Sie einmal verheiratet sind, und Sie haben wenig Geld, da können Sie gar nichts unternehmen.

Bildung
Ich habe überhaupt nichts gelernt, aber ich habe mich in alles so hineingefunden, als ob ich es weiß Gott wie lange gelernt hätte. Das war mein Vorzug, dass ich alles so schnell

begriffen habe. Ich war überall beliebt, und so bin ich immer vorwärts gekommen.

Ich habe mir eh immer alles schön geschaukelt. War ja das Hirn da. Ich war nicht blöd. Ich habe alles durchgesetzt bei den Behörden und überall. Ja, weil ich die richtigen Worte überall gefunden habe und nicht lästig war. Und dadurch bin ich schön durchgekommen in der äußeren Welt.

Gesundheit

Ich probiere alles aus. Ich habe sehr selten den Arzt. Und den Franzbranntwein, den habe ich flaschenweise im Kastl. Wenn ich Kreuzweh habe, reibe ich mich ein, und gut ist es. Ich war nie krank. Ich war schon lange verheiratet, da habe ich noch nicht gewusst, wie ein Spital ausschaut.

Glaube

Ich bin katholisch und werde katholisch bleiben. Ich gehe ab und zu in die Kirche, weil sich das gehört für Katholiken. Aber so wie meine Mutter bin ich nicht, dass ich dem Herrgott die Zehen abbeiße. Ich sage so, ich lasse jedem seinen Glauben und sein Denken, und ich mache meines auch. Ich lasse mir nichts dreinreden, wie ich bin, so bin ich und aus.

SCHWESTER ALOISIA WERNER
Nonne und Krankenschwester

Mit zwei ihrer Schwestern bestieg Aloisia Werner 1922 in Schlesien den Zug nach Wien. Mit sich führten die drei Tuchenten, Bettwäsche, Tischwäsche, Kleider und schwarze Jacken. Das war die Aussteuer, die sie ins Kloster mitbrachten. Sie traten bei den „Hartmannschwestern", einem Orden, der sich der Krankenpflege verschrieben hat, ein. Zeitlebens sorgte sich Schwester Aloisia um die Kranken und fügte sich in den Willen der Ordensoberen. Im hohen Alter blieb ihr vor allem das Gebet. Schon ab vier Uhr früh stimmte sie in das Rosenkranzgebet ein. Für die anderen beten, das ist der Part der alten Schwestern im Pflegeheim des Ordens. Schwester Aloisia war oft in ihrem Leben krank, aber sie ist immer wieder genesen. So hat sie über 80 Jahre als Ordensfrau gelebt.

Charakter

Es gibt Schwestern, die einen schweren Charakter haben. Die sind nicht so lieb. Aber wenn man das erträgt, kann man früher in den Himmel kommen. Wenn man alles von den anderen erträgt, wenn man nichts sagt, wenn sie schimpfen, das ist etwas Großes. Der Vater hat mir schon gesagt: „Du willst ins Kloster gehen? Ich habe Freude mit dir, aber du musst wissen, die im Kloster sind nicht alle Engel, die sind auch Menschen."

Glaube

Für alle beten wir, für die ganze Welt muss man beten, alle brauchen das Gebet.

Wir ergeben uns in den Willen Gottes. Dann ist der Mensch glücklich.

Kindheit

Wir waren sehr glücklich zuhause, zehn Kinder. Eine kleine Schwester ist gestorben. Der Vater hat sie gehutscht. Die Mutter hat gesagt: „Lass das Kind doch sterben, es kommen doch eh noch Kinder nach." Er hat es nicht wollen sterben lassen, der Vater. Genoveva hat sie geheißen.

Jeden Sonntag bin ich den ganzen Tag nach Annaberg, in den Wallfahrtsort. „Einmal wirst du doch ein Opfer bringen können", hat die Mutter gesagt. Das habe ich im Kloster gelernt, das Opferbringen.

Auf einmal kommen zwei Schwestern, die Vertreterin der Generaloberin und noch eine Mitschwester, und sagen zur Mutter beim Einkaufen: „Wir schauen nach Mädels für das Kloster." „Ja", sagt die Mutter, „wir haben zwei. Aber die glauben, der Heiland muss sie holen."

Letzte Fragen

Sterben? Wie der Herrgott will, man kann sich nicht aussuchen, wann und wie. Ich wollte jung sterben. Ich habe den heiligen Aloisius oder die heilige Theresia so gerne, und ich wollte auch gerne so jung sterben wie sie. Aber als dieses

Alter vorbei war, wollte ich warten auf die Gottesmutter, die war 72, als sie gestorben ist. Aber wieder bin ich nicht gestorben. Hab ich gesagt: „Wie lange muss ich denn noch warten?“ Vielleicht so lange wie der heilige Antonius? Der war 103 Jahre.

Sinn

Alle Menschen habe ich gerne gehabt, ob Frauen oder Männer. Es war immer ein schönes Leben bei den Kranken.

Talent

Wir haben einen schönen Schleier gehabt. Jetzt haben wir so einen gewöhnlichen. Aber jeder Orden hat einen anderen Schleier gehabt. Wir haben wirklich einen schönen Schleier gehabt, so gesteift alles. Als ich Kandidatin war, sind die Novizinnen gekommen, die haben gesagt: „Wir wissen nicht, wie wir den Schleier machen sollen.“ Das habe ich ihnen machen können. Das war alles so gezogen und gebunden. Ich konnte das so schön machen.

Ja, alte Männer habe ich gepflegt, die habe ich gerne gehabt. Einen habe ich direkt bekehrt. Er hat sich erlaubt, die Pflegerinnen zu begreifen. Die haben gesagt: „Schwester, wir gehen nicht mehr zu dem Mann.“ Geh ich hin zu ihm, sag ich: „No, ich hab was gehört von Ihnen, jetzt gebe ich Ihnen nichts mehr, wenn Sie das weiter tun. Sind Sie brav, dann habe ich Ihnen gern.“ Habe ich zu den Pflegerinnen gesagt: „Da könnt ihr schon hingehen, der ist brav.“ Dann sind sie hingegangen, haben sie gesagt: „Jö, der ist so brav, dank der Schwester.“ Da braucht man nur ein bisschen reden.

MARIA WOHLFAHRT
Ledige Mutter und Hausbesitzerin

Ein lediges Kind hat das Leben von Maria Wohlfahrt nachhaltig geprägt. Damals, in den 1920er Jahren, war es für eine Dienstbotin wie sie nicht nur eine Schande, unverheiratet ein Kind zu bekommen, es war auch unmöglich, dieses Kind aufzuziehen. Marias Tochter wuchs bei den Großeltern auf. Als Maria heiratete, nahm sie das Kind zu sich, ließ sich Alimente und Erbteil für das Kind ausbezahlen und baute um das Geld ein Haus mit zwei Zimmern. Als die Tochter volljährig wurde, musste die Mutter ihr das Haus ablösen. Mit Mühe trieb sie das Geld auf. Später lebte sie bei ihrer zweiten Tochter und zog nach deren frühem Tod die minderjährigen Enkelkinder auf. Im hohen Alter kam sie bei ihrer Schwiegertochter unter und überlegte aber, knapp vor ihrem 100. Geburtstag, noch eine Eigentumswohnung zu kaufen.

Altsein

Jetzt singe ich immer, wenn ich mich abends ins Bett lege, bete für alle Verstorbenen, dann fange ich so zum Reden an mit mir alleine, bis ich halt einschlafe.

Letzte Fragen

Nein, ich will nicht sterben. Ich will nichts wissen vom Sterben, da wird mir bange. Oje, wenn ich daran denke!

Liebe

Dann habe ich im Urlaub meinen Mann kennengelernt. Im November, am 20. habe ich ihn geheiratet. Aber ich habe da viel mitgemacht. Als ich ihn zu meinen Eltern geführt habe, habe ich ihn allein hineingeschickt, und ich bin draußen gestanden. Jetzt, habe ich gedacht, kommt der Moment, weil ich ihm das ja nicht gesagt hatte, dass ich ein Kind habe. Er hatte mir versprochen, wenn ich mit ihm gehen täte, würde er mich heiraten. Hören Sie, jetzt kommt der Moment. Er hatte ein Flasche Wein mitgenommen und Zigaretten und ist zu meinen Eltern hineingegangen. „Ja", hat der Vater gesagt, „du wärst mir ja ganz gut als Schwiegersohn, aber weißt du auch, was sie hat?" „Ach", hat er gesagt, „was könnte sie denn haben?" „Ja, das wirst du gleich sehen", und ruft sie, Margret hat sie geheißen. Und sie antwortet: „Großvater, Großvater, ich bin schon da", und ist herausgerannt aus dem Zimmer. Jetzt hat er geschaut. „Das gehört ihr." „Jetzt", hat der Vater gesagt, „kannst du mir deine Meinung sagen. Weil du darfst nicht glauben, wenn du sie heute hinausweist, dass du sie morgen daherbringen kannst. Das musst du dir schon überlegen." Danach haben sie wieder eine Weile geraucht und getrunken. Danach hat er gesagt, jetzt weiß er es: „Herr Wittmann, ich heirate sie mit dem Kind genauso gern wie ohne Kind."

Vertrauen

Was ich schon alles mitgemacht habe. Aber verlassen bin ich nie gewesen. Ich habe immer eine Stütze gehabt. Ich muss das alles überwinden, und es ist immer alles gegangen.

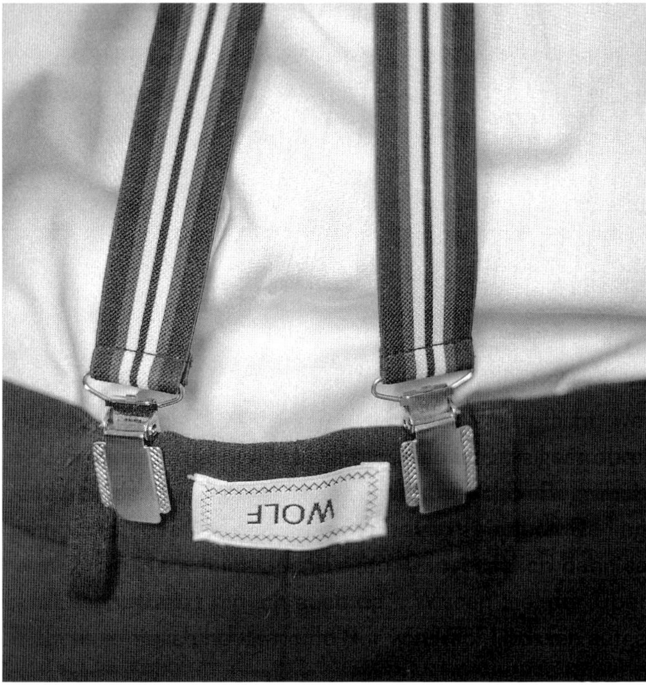
WOLF

STICHWORTVERZEICHNIS

Christine Haiden
Petra Rainer

SONDERPAARE

Gespräche über das Leben zu zweit

ISBN 978 3 7017 3236 4

Die Liebe ist ein seltsames Spiel ... und jedes Paar ein kleines Wunder

Jedes Paar hat eine besondere Geschichte: Iny und Elmar Lorentz schreiben gemeinsam Bestseller („Die Wanderhure") und gehen mit dem Campingbus auf Lesereisen, während Extrembergsteigerin Gerlinde Kaltenbrunner und ihr Mann Ralf Dujmovits die Gefahr suchen. Rupert und Christl Neudeck („Cap Anamur") leben gemeinsam den Traum von einer besseren Welt, aber die Schriftsteller Peter Turrini und Silke Hassler haben sich für getrennte Wohnsitze in zwei verschiedenen Dörfern entschieden. Andere trennt und verbindet ein großer Altersunterschied oder die Religion. Ein Paar hat zweimal geheiratet, ein anderes nach einer Geschlechtsumwandlung zum Happy-End gefunden. Eva Maria und Wolfram Zurhorst, die Autoren von „Liebe dich selbst und es ist egal, wen du heiratest", erzählen von den Grenzerfahrungen in ihrer Partnerschaft.

Was zusammenhält und was wirklich zählt, darüber geben zwanzig besondere Paare in diesem Buch Auskunft, wunderbar ins Bild gesetzt von Petra Rainer.

Christine Haiden
Petra Rainer

TROTZDEM

Menschen mit besonderem Lebensmut

ISBN 978 3 7017 3149 7

Christine Haiden und Petra Rainer haben Menschen besucht, die nach einem Schicksalsschlag lernen mussten, ihr Leben zu ändern. In berührenden Gesprächen erzählen sie, wie sie aus ihren Erfahrungen Kraft schöpfen. Wie der junge Christian Kandlhofer – er hat beide Arme verloren und arbeitet trotzdem wieder in einer Autowerkstätte. Oder die Schriftstellerin Kathrin Schmidt, die durch einen Schlaganfall ihre Sprache verloren hatte. Der Rennrollstuhlfahrer Thomas Geierspichler, dessen Traumwelt die Realität ist, und der seit seinem 18. Lebensjahr querschnittgelähmt ist. Und Erika Pluhar, die mehrere Tode betrauert, vor allem den ihrer Tochter Anna.

Diese Porträts machen Mut, das Leben so zu nehmen, wie es ist. Die Fotos von Petra Rainer zeigen jenen Lebenswillen und jene Kraft, die diese Menschen am Leben hält: trotzdem.

Es ist ein Buch, das man jedem in die Hand drücken will, der gerade etwas mutlos ist – mit den Worten: Nimm dir ein Beispiel an diesen Menschen!
Die Presse

Lebensmut in Buchform.
Kronen Zeitung

Einfühlsam, berührend und Mut machend.
NEWS Leben